casa das estrelas

o universo pelo
olhar das crianças

2ª edição
4ª reimpressão

Javier Naranjo (org.)
ilustrações de **Lara Sabatier**

casa das estrelas

o universo pelo
olhar das crianças

Tradução
Carla Branco

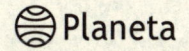

🌐 Planeta

Copyright © Javier Naranjo, 2018
Copyright © Editora Planeta do Brasil, 2018
Todos os direitos reservados.
Título original: *Casa de las estrellas*

Preparação: Andréa Bruno
Revisão: Laura Folgueira
Projeto gráfico e diagramação: Márcia Matos
Capa: Beatriz Borges

DADOS INTERNACIONAIS DE CATALOGAÇÃO NA PUBLICAÇÃO (CIP)
ANGÉLICA ILACQUA CRB-8/7057

Casa das estrelas / Javier Naranjo ; ilustrações de Lara Sabatier ; tradução de Carla Branco. -- 2. ed. -- São Paulo: Planeta, 2019.
128 p.

ISBN: 978-85-422-1751-3
Título original: Casa de las estrellas

1. Literatura colombiana 2. Citações e máximas - Infantojuvenil I. Naranjo, Javier II. Sabatier, Lara III. Branco, Carla

19-1962 CDD 808.882

Índices para catálogo sistemático:
1. Citações e máximas - Literatura infantojuvenil

MISTO
Papel | Apoiando o manejo florestal responsável
FSC® C005648

Ao escolher este livro, você está apoiando o manejo responsável das florestas do mundo e outras fontes controladas

2025
Todos os direitos desta edição reservados à
EDITORA PLANETA DO BRASIL LTDA.
Rua Bela Cintra, 986 – 4º andar – Consolação
São Paulo-SP – 01415-002
www.planetadelivros.com.br
faleconosco@editoraplaneta.com.br

As palavras são moedas gastas que os homens trocam em silêncio.

> Mallarmé

A palavra une a impressão visível com a coisa invisível, com a coisa ausente, com a coisa desejada ou temida, como uma frágil ponte improvisada estendida sobre o vazio. Por isso, para mim, o uso justo da linguagem é o que permite aproximar-se das coisas (presentes ou ausentes) com discrição e atenção e cautela, com o respeito àquilo que as coisas (presentes ou ausentes) comunicam sem palavras.

> Ítalo Calvino

Pleno de méritos, mais poeticamente habita o homem sobre a terra.

> Hölderlin

"Infância" vem do latim *infans*: o que não fala. As crianças que falaram aqui não conheciam essa definição.

A cada uma delas, minha gratidão.

Ainda que pareça excessivo para os adultos que somos, sem a voz da criança, não há descoberta possível, nem poesia, nem paraíso, nem dor, nenhum conhecimento, nenhuma comunhão.

Javier Naranjo

Palavra de criança

"Em lábios de crianças, loucos, sábios, apaixonados ou solitários brotam imagens, jogos de palavras, expressões surgidas do nada... Feitas de matéria inflamável, as palavras se incendeiam assim que as roçam a imaginação ou a fantasia."

Octavio Paz

Era uma vez, quando todas as coisas nos falavam e quando nós, adultos, também escutávamos as crianças, uma celebração, em um colégio de Rionegro, Antioquia, do Dia das Crianças. Estávamos no ano de 1988 e preparávamos uma festa para todos.

Os professores organizaram diversos jogos – pistas escorregadias, competições e partidas de futebol – e as mães prepararam tortas e sucos. As salas de aula e o auditório estavam decorados com flâmulas e bandeirinhas de cores vivas. Teríamos aula nas primeiras horas e logo, à luz do meio-dia, nos "enfestaríamos". Estávamos na aula de criação literária, fizemos um primeiro jogo de palavras, rimos, li um fragmento de um conto e, entre todos, imaginamos finais possíveis.

Faltando pouco para terminar a aula, tive a ideia de pedir às crianças que escrevessem em seu caderno o que era uma criança para elas. Luis Gabriel Mesa, de 7 anos, escreveu: "Uma criança é um amigo que tem o cabelo curtinho, joga bola, pode brincar e ir ao circo". Surpreendeu-me a síntese que ele havia feito, a beleza das palavras quando se casam dessa maneira, a construção tão sábia e simples.

Sinônimos, talvez? Johana Villa, de 8 anos, escreveu: "Para mim, a criança é algo que não é cachorro. É um humano que todos temos que apreciar". Ri às gargalhadas, mas com um espinho cravado no riso. Desfrutei a maneira como definiu negando, encantou-me a palavra "apreciar", a obrigatoriedade doída que encontrava em "temos". Desfrutei sem todas estas futuras considerações... Desfrutei a maneira como eles viam a si próprios e, sobretudo, quando comecei a soltar-lhes palavras para que definissem, surpreendi-me sozinho e às gargalhadas com a sua doce e sábia "irresponsabilidade". Apesar de a poesia, para Eulalia Vélez, de 12 anos, ser "expressão de reprimidos", para mim, era claro que nas crianças, em seu abandono, em sua liberdade interior, encontram-se caminhos certos para a poesia.

Mas o que é criação literária? Como eram essas aulas? Custa-me dar forma a algo que dificilmente a tenha, já que as aulas não obedeciam a um esquema rígido. As aulas, assemelhando-se a seres vivos, moviam-se um pouco ao sabor de sua vontade, buscando a nossa para poder acontecer. Não havia qualificações, não havia mediadores e, enquanto os adolescentes nos olhavam das janelas fechadas em seus cursos de física ou química, nós, sentados na grama, brincávamos.

Apaixonados, seguíamos o caminho que faziam as palavras, com suas bifurcações, jardins secretos, pontes e alamedas. Passávamos bons momentos: inventávamos contos, países imaginários com seus rios, animais, moedas e deuses – como o país de Niclan, cujo Deus supremo se identifica com o ar e não tem limites, como define claramente Emilse Vallejo, em seus 9 anos de idade, "pois está na minha mente e minha mente não tem limites".

Inventávamos histórias como fazia Gianni Rodari,[1] entrávamos na sala de jogos, fazíamos acrósticos, caligramas, rimas, encenações, palíndromos, cartas que nos escrevíamos, palavras cruzadas, poemas, contos sem início ou sem final. Líamos muito. Lia-lhes em voz alta e, pouco a pouco, em meio a todas as brincadeiras, propunha-lhes que escrevêssemos palavras. Não quis que se tornasse uma obrigação. Cuidei para que nunca chegassem a exclamar: "Ah, que preguiça, mais palavras!". Devia continuar sendo divertido, nada que parecesse um dever, um hábito. Um jogo dos bons, desses que nunca se cansa de jogar.

Passaram-se os anos, o tempo, que, segundo Roger de Jesús Valencia, de 9 anos, é "algo que corre na gente". E eu levava os cadernos para casa como quem leva um tesouro e, assim, o esmiuçava. No meio de muitas palavras sem força expressiva, palavras empobrecidas pelo uso, reluziam joias com todo o poder de origem, palavras carregadas de força primordial, ingênuas palavras costuradas docilmente ao que era nomeado. Poesia pura.

Em 1994, enviei à Colcultura (o Ministério da Cultura à época) parte do trabalho desen-

---

[1] Gianni Rodari (1920-1980), premiado escritor italiano de literatura infantil. (N. E.)

volvido. Optei por uma das bolsas que me concederam para continuar o trabalho nas escolas semiurbanas de Chipre e Tres Puertas, em Rionegro. Continuei recolhendo as frases das crianças – brincamos, desfrutamos a liberdade que igualmente nos deram – e transcrevia depois o que havia nos cadernos, seus titubeios, seu modo singular de fazer com que as palavras se encontrassem.

O nome do livro surgiu de uma definição dada por um estudante enquanto celebrávamos o Dia da Terra. Quero contar a história. Naquele dia, fazíamos um pequeno rito no colégio: íamos inaugurar um relógio de sol com um bando de pombinhas que levantaria voo ao meio-dia, enquanto os sinos de uma igreja próxima repicavam – conseguimos convencer o pároco da importância do ato. Depois que as pombinhas voassem entre nós, orientando-se para encontrar seu rumo, as crianças leriam as frases que eu as tinha convidado a escrever e começaria, em seguida, um concerto de um grupo de rock que interpretava Pink Floyd. No momento do voo, do repique dos sinos, e insinuando-se apenas o primeiro acorde das guitarras, Carlos Gómez revelou-nos que o "universo é a casa das estrelas", e soubemos sem interrupções que "Deus e a morte são um", como já sabiam os poucos 7 anos de Edison Albeiro Henao.

As palavras surgiram sem nenhuma deliberação particular, salvo – talvez – que fossem sugeridas. Quantas e quais o são na vertigem da linguagem? Em muitos casos, as crianças escolheram. Seu gosto ou desprezo escolheu. Houve também casos nos quais a palavra, despojada de sentido – sonoridade pura e ritmo –, quis, propôs buscar a si mesma. Com certeza, um plano de trabalho mais definido, menos "aleatório", teria proporcionado resultados mais "evidentes", menos esquivos à sistematização. Mas todos gostamos do jogo, com as regras que ele impôs. E as palavras "sistematização", "planejamento", "resultados" e outras parecidas não entravam nele.

Do material obtido, fez-se uma seleção, na qual se corrigiu somente a ortografia e, em poucos casos, a pontuação. Respeitei a voz das crianças, suas hesitações, seus deslocamentos, sua secreta arquitetura. Seus achados no milagre de revelar o enunciado. Respeitei sua vontade de esquecimento ou profunda memória. Sinceridade na intenção. Voz que acontece alheia ao que quer impor o já sabido: no mundo gasto, rotulado pela pobreza "já conheço tudo".

Sei que muitas pessoas e muitos escritores menosprezam o que as crianças escrevem, pois, a seu juízo, nisso não há rigor nem disciplina, nem um conhecimento da língua medianamente operativo. Os motivos que eles combatem são justamente os que me fazem desfrutar essas criações infantis e encontrar nelas um alto valor estético. É por seu abandono com as palavras, por sua liberdade de associação, por sua indiferença ao uso justo e normativo da linguagem que as crianças ocasionalmente criam textos plenos de riqueza.

Quero mencionar também que a mim nada me diz o que algumas pessoas valorizam na escrita infantil; em vez disso, me parecem detestáveis essas frases adocicadas, que falam de um mundo idílico, cheio de carinhos e baboseiras que qualquer um pode encontrar em tantos livros da chamada Nova Era. E as crianças escrevem, zombando por dentro da necessidade patética que temos de que suas palavras caibam em nossa pobreza mental.

As crianças estão mais próximas da experiência poética que os adultos, cheios como estamos de deveres que nos negam a contemplação, pois sempre há algo a fazer. Essa proximidade é o que elas nos contam quando escrevem e ainda não lhes impusemos nosso precário saber do mundo. Os adultos menosprezam o que as crianças escrevem, na maioria das vezes nem as veem, ou as consideram idiotas, sacos ranhentos e vazios para encher com toda a "sabedoria dos grandes". Ah, e também existem as pessoas que olham as crianças com a indulgência de uma torpe bobagem ou com a urgência de convertê-las em gênios, sem nenhum pingo de infância, e já em seus poucos anos transformadas em pequenos monstros vaidosos.

Com o perdão de Andrés Felipe Bedoya, de 8 anos, para quem adulto é uma "pessoa que, em toda coisa que fala, fala primeiro de si", aqui vou novamente em primeira pessoa: não simpatizo muito com quem diz o que temos de fazer, mas ainda assim creio que deveríamos repensar a forma como nos relacionamos com esses "loucos baixinhos". Quem dera pudéssemos "escutá-los" e "vê-los" para então entender seus medos e aliviar suas dores e também para "relembrar" a beleza, o assombro de estarmos vivos. A poesia.

Quero terminar com umas palavras do escritor irlandês George Bernard Shaw, quando disse: "Desde muito pequeno tive que interromper a educação para ir à escola".

Javier Naranjo

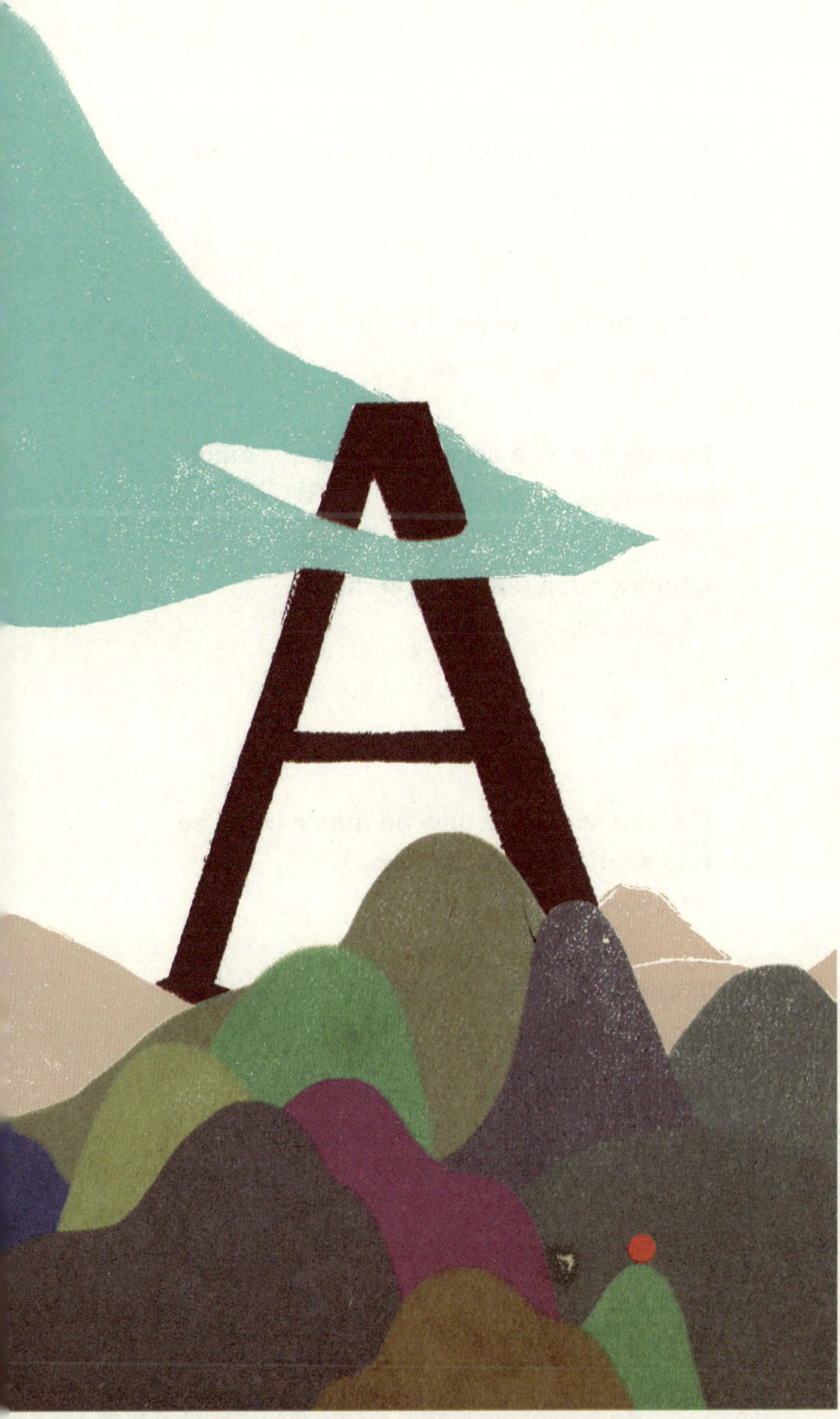
A

adulto

Pessoa que, em toda coisa que fala, vem primeiro ela.
(Andrés Felipe Bedoya, 8 anos)

Criança que cresceu muito.
(Camilo Aramburo, 8 anos)

Pessoa que fica obcecada em fazer amor.
(Simón Peláez, 11 anos)

Quando uma pessoa está morta.
(Héctor Barajas, 8 anos)

água

É como se tivesse algo na mão e como se não sentisse nada na mão.
(Alex Gustavo Palomeque, 7 anos)

Transparência que podemos tomar.
(Tatiana Ramírez, 7 anos)

Líquido que não se pode beber.
(Nelson Ferney Ramírez, 7 anos)

alegria

A força de ser e de sentir.
(Catalina Sanín, 9 anos)

alma

A alma pulsa.
(Catalina Taborda, 7 anos)

A pele.
(Alex Gustavo Palomeque, 7 anos)

amor

É quando batem em você e dói muito.
(Viviana Castaño, 6 anos)

O que cada coração reúne para dar a alguém.
(Lina María Murillo, 10 anos)

É quando uma pessoa se ama e até pode casar e ter filhos e todas essas besteiras.
(Ana Cristina Henao, 8 anos)

Quando alguém faz amor e se beija, os dentes apodrecem.
(Edison Albeiro Henao, 7 anos)

Se apaixonar pode ser paz.
(Carolina Murillo, 7 anos)

Beija ela.
(Jaber Alberto Piedrahíta, 8 anos)

Eu gosto de me casar e de comprar um palhaço pra mim.
(Salomé Peláez, 4 anos)

A chuva, ver a chuva cair, ver as árvores, as coisas, os presépios. Todas as coisas que há no mundo.
(Daniel Ochoa, 5 anos)

Dar um beijinho na mamãe e na namorada. Sabe quem é minha namorada? Minha mamãe.
(Sebastián Santodomingo, 5 anos)

O amor é o que faz as crianças.
(Adelaida Restrepo, 10 anos)

Que minha mamãe não morra e meu papai não morra.
(Pablo José Jaramillo, 6 anos)

Conseguir uma namorada por aqui e outra perto de casa, e quero que minha mamãe emagreça porque está muito gorda.
(Orlando Vásquez, 6 anos)

ancião

É um homem que fica sentado o dia todo.
(Mary Luz Arbeláez, 9 anos)

Homem que morre muito rápido.
(Gladys Emilse Vallejo, 9 anos)

Quando os anos de alguém vão embora.
(Sandra Liliana Villa, 8 anos)

É uma coisa muito boa, porque aparecem rugas na pessoa.
(Juliana María Gómez, 10 anos)

Pessoa antiga.
(Juan Felipe Gómez, 7 anos)

É que alguém está pobre.
(Juan Felipe Arias, 7 anos)

anjo

Um senhor da guarda.
(Juan Guillermo Henao, 8 anos)

árvore

Que me dê a respiração.
(Yamile Gaviria, 7 anos)

assassinato

Tirar o melhor de uma pessoa.
(Juan E. Restrepo, 9 anos)

ausência

É quando eu vou morrer.
(Yorlady Rave, 8 anos)

avareza

Equilíbrio dos palhaços.
(Jhon Alexander Ríos, 10 anos)

B

boca

É uma coisa que Deus fez para mastigar.
(Jhon Alexander Ríos, 10 anos)

A que faz falar.
(Juan Pablo Eusse, 8 anos)

branco

O branco é uma cor que não pinta.
(Jonathan de Jesús Ramírez, 11 anos)

brincadeira

É estar contente e amando.
(Ricardo Mejía, 10 anos)

beijo

Dois chegando perto.
(Camila Mejía, 7 anos)

Agarra eles.
(Lina Marcela Sánchez, 7 anos)

Depois do mandar pra cama.
(Carlos Eduardo Oquendo, 7 anos)

beleza

Massa de vidraceiro e limpeza.

(Héctor Alonso Gallego, 11 anos)

bêbado

É uma pessoa que mais ou menos quer matar.

(Nelson Ferney Ramírez, 7 anos)

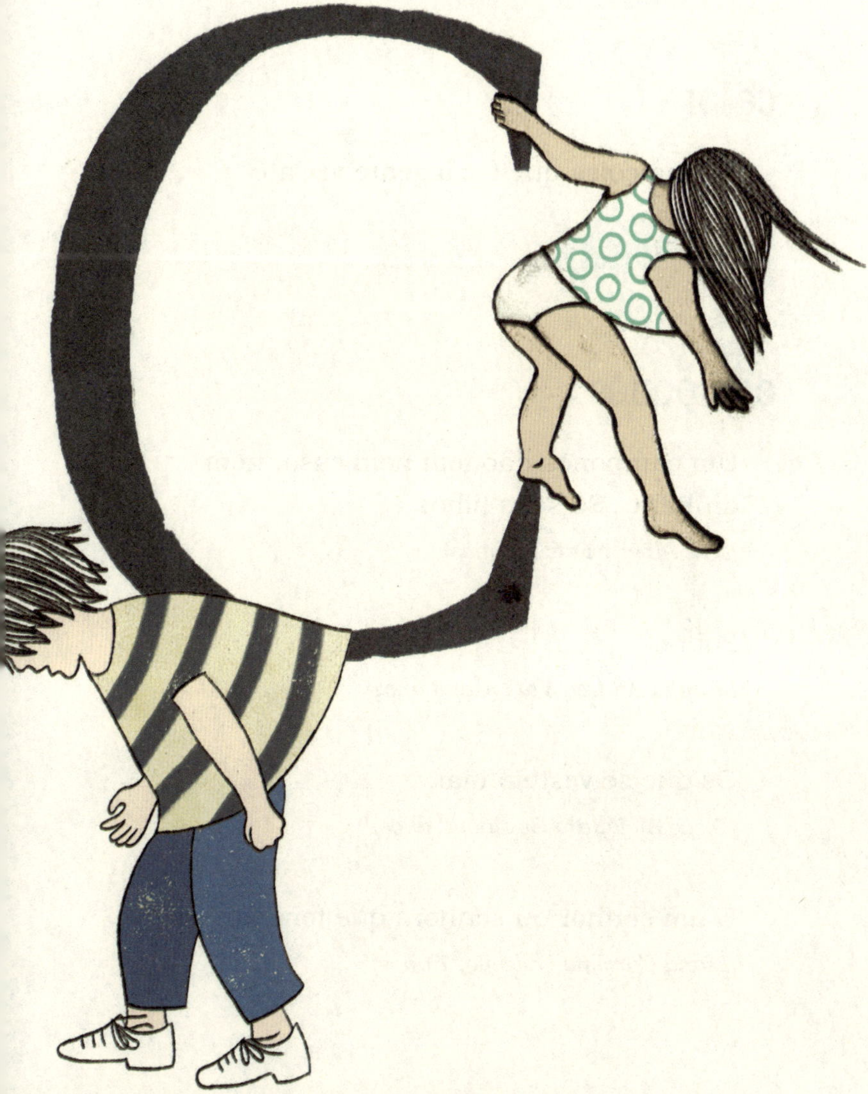

cabeça

A cabeça tem piolhos.
(Norman David Buitrago, 7 anos)

calor

É uma coisa que faz a gente ver até
o diabo.
(Juan Esteban Buitrago, 9 anos)

camponês

Um camponês não tem nem casa, nem
dinheiro. Só seus filhos.
(Luis Alberto Ortiz, 8 anos)

Pobre.
(Natalia Andrea Valencia, 8 anos)

Os que se vestem mal.
(Diego Alejandro Giraldo, 8 anos)

É um senhor ou senhora que tem sardas.
(Diana Carolina Quiceno, 7 anos)

Que são deslocados.
(Edwin Alexander Hoyos, 8 anos)

É uma pessoa da terra.
(Julián David García, 11 anos)

É uma pessoa inútil que não sabe nada.
(Jennifer Katia Gómez, 9 anos)

carinho

Amarrar as pessoas.
(Valentina Nates, 9 anos)

casal

É onde os pássaros se metem.
(Diego Alejandro Tabares, 8 anos)

casamento

É a pior coisa do mundo.
(Ana Cristina Henao, 8 anos)

céu

De onde sai o dia.

(Duván Arnulfo Arango, 8 anos)

chuva

É Jesus fazendo xixi.

(Alejandro Mazo, 9 anos)

coisa

É uma coisa que serve para muitas coisas.

(Nelson Ferney Ramírez, 7 anos)

É algo que não se mexe sozinho; se mexe se você põe em outro lugar.

(José Gabriel Diosa, 9 anos)

colégio

Casa cheia de mesas e cadeiras chatas.

(Simón Peláez, 11 anos)

Colômbia

É um jogo de futebol.

(Diego Alejandro Giraldo, 8 anos)

coração

O que palpita.

(Leydi Stella Arango, 10 anos)

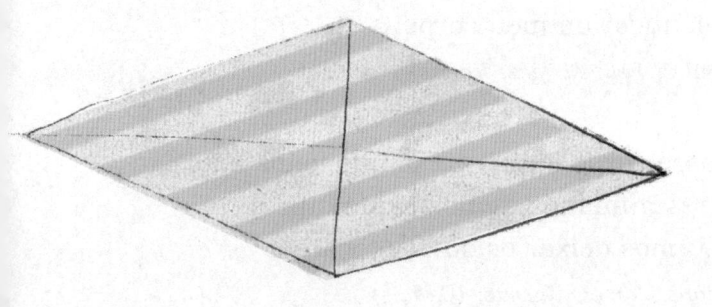

corpo

É parte da cabeça.
(Jenny Alejandra Baena, 8 anos)

É um rosto que se mexe, ri, se entristece e se sente sozinho.
(Mary Yuly Vera, 10 anos)

O corpo é a vida de alguém; porque alguém sem corpo faz o quê?
(Luisa Fernanda Velásquez, 8 anos)

É um dom que Deus nos deu para imagem e semelhança do homem.
(Wilson A. Taborda, 11 anos)

Machucaram meu corpo.
(Andrés Felipe López, 7 anos)

Nosso corpo é uma coisa que todos nós, seres humanos, temos e que nunca devemos deixar os outros tocarem.
(Diana Marcela Vargas, 10 anos)

Útil.
(Daniel Florez, 7 anos)

A pele e os ossos.
(Gladys Velásquez, 9 anos)

É de alguém bem sozinho.
(Luis Fernando Ocampo, 10 anos)

Caminhar, sofrer e molhar o mato.
(Jhon Fredy Agudelo, 6 anos)

É como uma coisa que anda em alguém.
(Andrés David Posada, 6 anos)

Aquilo que dirige alguém.
(Andrés Felipe Bedoya, 8 anos)

Meu corpo é alma.
(Juliana Bedoya, 7 anos)

Para se proteger.
(Natalia Baena, 5 anos)

Eu.
(Mateo Ceballos, 10 anos)

É no que colocamos a roupa.
(Camila Mejía, 7 anos)

É para alguém se encostar.
(Jhonny Alexander Arias, 8 anos)

Serve para sentir.
(Jhonny Alexander Arias, 8 anos)

Suporte da cabeça.
(Caty Duque, 11 anos)

Saúde e pele.
(Angela Patricia Betancur, 9 anos)

Engolir comida.
(Andrea Buitrago, 6 anos)

É o que nos dá pensamento.
(Blanca Nidia Loaiza, 11 anos)

criança

Tem ossos, tem olhos, tem nariz, tem boca, caminha e come e não toma rum e vai dormir mais cedo.
(Ana María Jiménez, 6 anos)

Humano feliz.
(Jhonan Sebastián Agudelo, 8 anos)

Uma criança é um amigo que tem o cabelo curtinho, joga bola, pode brincar e ir ao circo.
(Luis Gabriel Mesa, 7 anos)

Quando nasce é pequenininha e quando cresce um pouquinho e não sabem seu nome, chamam de menino.
(Daniel Jaramillo, 7 anos)

O que estou vivendo é criança.
(Johanna López, 10 anos)

É brinquedo de homens.
(Carolina Álvarez, 7 anos)

Com ossos, com olhos e brincam.
(Luis Felipe Agudelo, 5 anos)

É muito bonito e faz cocô no vaso.
(José Piedrahíta, 3 anos)

Humano em tamanho pequeno.
(Alejandro López, 9 anos)

Alguns são bonitos, são muito bons amigos, os meninos gostam muito de futebol. Os homens são muito importantes para as mulheres.
(Manuela María Gómez, 7 anos)

Para mim, a criança é algo que não é cachorro. É um humano que todos temos que apreciar.
(Johana Villa, 8 anos)

São humanos, às vezes são maus, às vezes são bons, choram, gritam; brincam, brigam, tomam banho, às vezes não tomam banho, entram na piscina e crescem.
(Natalia Calderón, 6 anos)

Tem coração e pernas e pés com relógio e com roupa. Olhos, cabelo e cores.
(Sebastián Santo Domingo, 4 anos)

Vítima da violência.
(Jorge A. Villegas, 11 anos)

Um corpo e come.
(Luz Yaneidy Gil, 8 anos)

Um homem pequenininho.
(Mauricio Aramburo, 4 anos)

Responsável pelo dever de casa.
(Luisa María Alarcón, 8 anos)

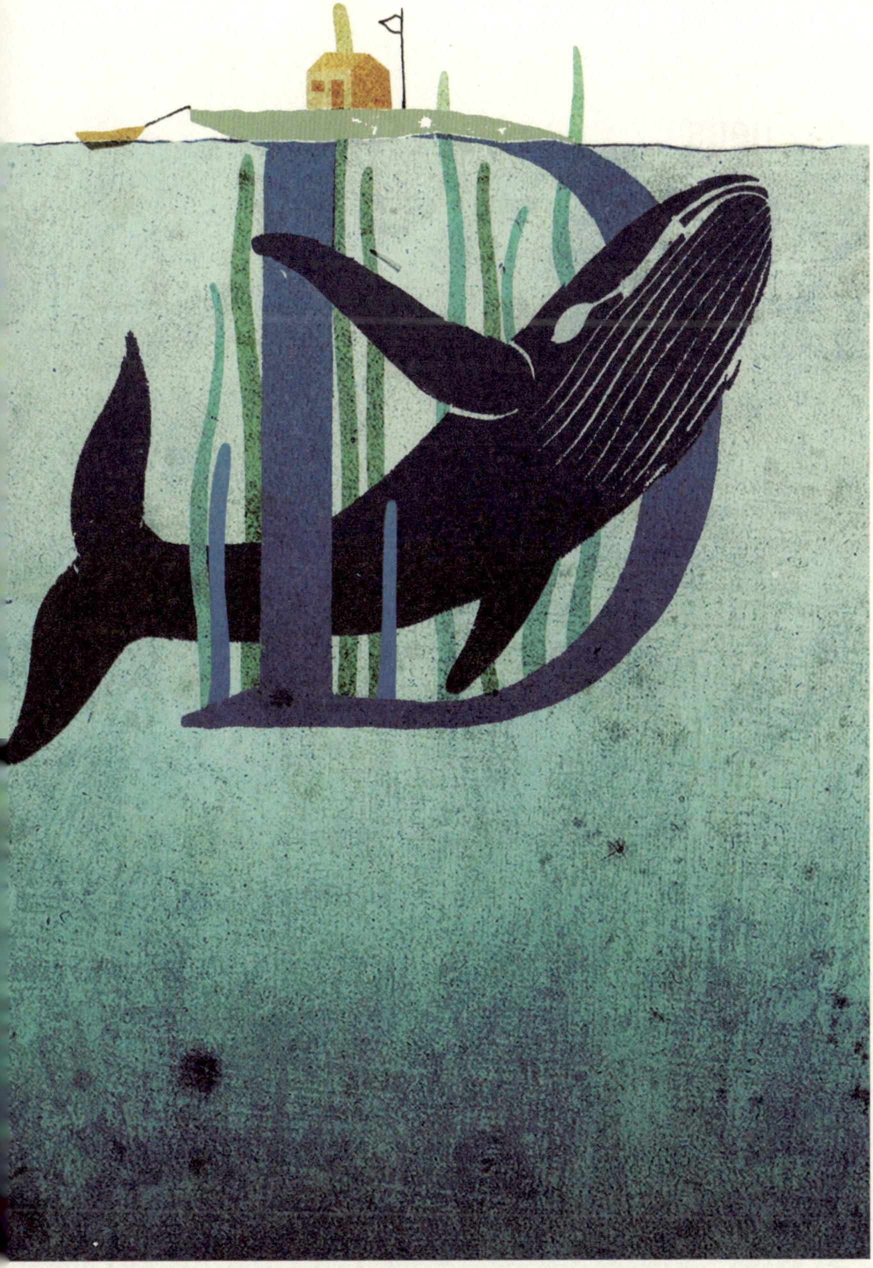

deslocado

É quando tiram você do país pra rua.
(Oscar Darío Ríos, 11 anos)

deus

É o amor com cabelo grande e poderes.
(Ana Milena Hurtado, 5 anos)

Deus e a morte são um.
(Edison Albeiro Henao, 7 anos)

Como meu papai, porque trouxe todos.
(Alex Gustavo Palomeque, 7 anos)

Deus voa e dorme no céu. Pega goiabas e vai trabalhando; e Deus neste dia não tem aula, e no outro dia, sim.
(Juan Daniel Alzate, 6 anos)

A lua, as vacas, as bananas no céu.
(Jorge Andrés Giraldo, 6 anos)

É uma pessoa muito forte, porque aguenta muitas coisas de todos os cristãos.
(Edison Hidalgo, 12 anos)

Deus dá muito presente. É muito lindo, é branco. A Virgem é pequenininha, e uma pedra pode destruir ela.
(Daniel Ochoa, 5 anos)

Deus é o rei do mundo e o dono da religião.
(Catalina Duque, 10 anos)

Deus está morto no céu. É um homem com uma barba pelada.
(Sebastián Castro, 4 anos)

São as nuvens e o chuvisco.
(Mónica María Marín, 4 anos)

É uma pessoa em quem enfiam pregos. É jovem.
(Sebastián Uribe, 5 anos)

É a nossa alma, é como se fosse um vento.
(Laura Escobar, 6 anos)

É como um carrinho, é de corda e, quando você puxa pra trás, ele anda.
(Andrés David Posada, 6 anos)

Nasceu primeiro e depois os índios,
depois a família e depois os filhos.
(Carolina Álvarez, 7 anos)

É invisível e não sei mais, porque não fui ao céu.
(José Piedrahíta, 3 anos)

É uma pessoa que dirige a gente com controle remoto como se a gente fosse seu escravo.
(Juan Esteban Ramírez, 9 anos)

diabo

Pessoa que não existe para as pessoas.
(Juan Esteban Restrepo, 9 anos)

O diabo é o mais palavroso.
(Luis Alberto Ortíz, 8 anos)

É algo diabólico que tem no céu.
(Wilson Alejandro Taborda, 11 anos)

dinheiro

É o fruto do trabalho, mas há casos especiais.
(Pepino Nates, 11 anos)

Coisa de interesse para os demais com a qual se faz amigos, e não ter isso causa inimigos.
(Ana María Noreña, 12 anos)

É uma bobagem.
(Juliana Candelaria González, 8 anos)

É muito ruim porque roubam alguém. Deve ser a metade: com dinheiro e sem dinheiro.
(Pablo José Jaramillo, 6 anos)

É o pior vício.
(Carolina Uribe, 11 anos)

Dinheiro que você não gasta e poupa para comprar cada vez mais as coisas.
(Miguel Ángel Múnera, 6 anos)

É quando pagam a mamãe.
(Marcela Yuliana Salazar, 8 anos)

Sou muito pobre pelo dinheiro.
(Andrés Felipe López, 7 anos)

distância

Alguém que se vai de alguém.
(Juan Camilo Osorio, 8 anos)

A distância é algo que nunca se pode unir.
(Jorge Alejandro Zapata, 12 anos)

Distância é quando alguém está longe de casa.
(Walter de Jesús Arias, 10 anos)

Botar as mãos na frente.
(Weimar Román, 7 anos)

Distância de corrida, quando alguém vai em último lugar.
(Andrés Felipe Sánchez, 9 anos)

É quando um está longe e o outro está pertinho.
(Jhon Alexander Ríos, 10 anos)

É onde alguém joga a bola.
(Jhon Jeiber Osorio, 6 anos)

Quando alguém faz fila.
(Diego Andrés Giraldo, 8 anos)

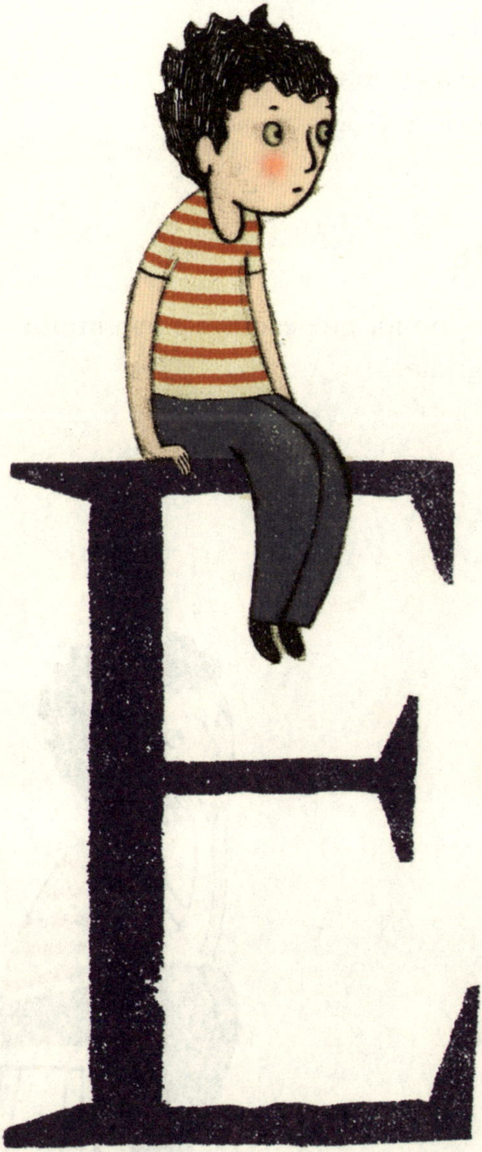
E

entrar

É numa casa a saída.
(Blanca Nidia Loaiza, 11 anos)

escrita

É um senhor que escreve e tem muita autografia.
(Weimar Grisales, 9 anos)

escuridão

Se sentir sozinho.
(Andrés Felipe Sánchez, 9 anos)

Cantar para Deus.
(Liliana María Medina, 6 anos)

É quando ninguém vê nada.
(Ana Cristina Henao, 8 anos)

É como a frescura da noite.
(Ana Cristina Henao, 8 anos)

As lâmpadas estão queimadas.
(Daniel Atehortúa, 4 anos)

espaço

Para além ou mais perto.
(Juan Carlos Mejía, 11 anos)

Ter uma geladeira num espaço e sobra um pedaço de chão, isso é um espaço.
(Héctor Augusto Oquendo, 10 anos)

É uma coisa como se a bola tivesse voado.
(Andrés David Posada, 6 anos)

É como deixar dez linhas.
(Alex Gustavo Palomeque, 7 anos)

É um espaço que deixam para os pobres.
(Jorge Humberto Henao, 10 anos)

O espaço é o que sobra para se colocar.
(Juan Rafael Trelles, 10 anos)

É quando não passam carros.
(Milton Anderson Bedoya, 6 anos)

Algo grande onde não incomodam ninguém.
(Alejandro Tobón, 7 anos)

Sair da cama.
(Juan Miguel Mejía, 7 anos)

espelho

É quando uma pessoa vê o mesmo rosto.
(Weimar Grisales, 9 anos)

Reflexo de ver.
(Duván Arnulfo Arango, 8 anos)

Que olha muito.
(Lolita Buitrago, 5 anos)

É onde olho minha beleza.
(Mary Sol Osorio, 9 anos)

Sombra.
(Juan David Bedoya, 6 anos)

espírito

O espírito é uma lembrança da mente.
(Pablo Mejía, 10 anos)

Aparelho que uma pessoa tem e que não sai num livro de ciências.
(Guillermo Lancheros, 10 anos)

O corpo de alguém.
(Andrés Felipe Bedoya, 8 anos)

É Deus, é uma coisa redonda e grande de ouro. Quanto deve custar isso?
(José Pablo Betancur, 4 anos)

É o que sai do coração e da alma, mas não dá pra ver. É como uma espécie de coração de Deus e, quando eu morrer, vai dar muita tristeza pra mamãe.
(Miguel Ángel Múnera, 7 anos)

É o segundo corpo que vive na morte.
(Andrés Correa, 9 anos)

É uma nuvem que cai do céu, e que chega e brinca com um carrinho.
(David Hidalgo Ramírez, 6 anos)

O que conduz para o que fazemos.
(Lina María Murillo, 10 anos)

É o que precisamos para sobreviver na violência.
(Pepino Nates, 11 anos)

É o que exerço todos os dias.
(Simón Peláez, 11 anos)

É o que você pensa, o ambiente que há dentro de cada um.
(Cristina Londoño, 11 anos)

esposo

É sem-vergonha.
(Karla Montes, 8 anos)

esqueleto

Espírito podre.
(Andrés Correa, 11 anos)

Corpo podre e tristeza.
(Pablo Mejía, 11 anos)

estudo

Escrever com um lápis.
(Juan Miguel Mejía, 7 anos)

eternidade

É esperar uma pessoa.
(Weimar Grisales, 9 anos)

Um poço que não tem fundo.
(Gloria María Hidalgo, 10 anos)

É uma parte muito chata.
(Nelson Fernando Londoño, 9 anos)

É quando em uma casa todos os filhos se casam, que não põem música nem tem barulho. Essa casa parece uma eternidade.
(Blanca Yuli Henao, 10 anos)

F

família

Lugar onde tem muita discussão e se amam.
(Alejandra Giraldo, 10 anos)

A família é feia.
(Julio César Giraldo, 7 anos)

É um encontro de toda a vida.
(Jorge Iván Soto, 8 anos)

É ter irmãos, ter um pai, ter um animal, uma vaca e um cavalo.
(Jean David Tangarife, 4 anos)

É dormir, se encontrar.
(Leonardo Fabio Duque, 5 anos)

As pessoas, todas, todas, todas, todas.
(Jorge Alejandro Botero, 5 anos)

É uma união de várias pessoas que se acham familiares.
(Mary Luz Arbeláez, 11 anos)

É quando eles dão comida pra gente enquanto a gente é pequenininho.
(John Alexander Quintero, 10 anos)

Um montão de cristãos.
(Fabio Nelson Ciro, 13 anos)

Todos os papais dos filhos.
(Alejandra Vieira, 6 anos)

Papai e mamãe estão me esperando.
(Jonatan Norbey Román, 9 anos)

fada

É um espírito que nas histórias dizem que é querida.
(Carolina Murillo, 7 anos)

É um espírito muito morto.
(Julian Felipe Grisales, 9 anos)

felicidade

A felicidade é quando o amor, a paz e as coisas boas estão juntas.

(Carolina Haayen, 10 anos)

G

guerra

É um jogo que os meninos de hoje jogam.
(Paula Andrea Franco, 9 anos)

É quando matam os outros.
(María Alejandra Soto, 10 anos)

É ficar com a vida uma bagunça.
(Sandra Eliana Ramírez, 8 anos)

Gente que se mata por um pedaço de terra ou de paz.
(Juan Carlos Mejía, 11 anos)

guerrilha

É um montão de policiais.

(Blanca Nidia Loaiza, 11 anos)

I

igreja

Onde as pessoas vão perdoar Deus.
(Natalia Bueno, 7 anos)

Onde rezam por Deus e pelos mortos.
(Alex Gustavo Palomeque, 7 anos)

imortalidade

É como estar vivo e dizer que estamos mortos.
(Weimar Grisales, 9 anos)

É quando alguém tem um inimigo e manda matar.
(Angela María Blandón, 9 anos)

Uma pessoa porque morre se ela não faz nada.
(Katherin Ramírez, 8 anos)

São os seres que vão se acabando lentamente.
(Yenny Liliana López, 8 anos)

A imortalidade é muito dura.
(Yamile Gaviria, 7 anos)

inferno

Para mim, inferno é quando uma pessoa diz pra outra: vai pro inferno.
(Luisa Fernanda Velázquez, 8 anos)

instante

É a única coisa que alguém pede a uma pessoa.
(Leidy Johana García, 10 anos)

É quando vão matar você.
(Jorge Humberto Henao, 10 anos)

É redondo.
(Edison Harvey Pérez, 8 anos)

inveja

Mal-agradecida e traidora.
(Juan Miguel Mejía, 7 anos)

A inveja é quando uma criança come.
(Natalia Escobar, 8 anos)

Atirar pedras nos amigos.
(Alejandro Tobón, 7 anos)

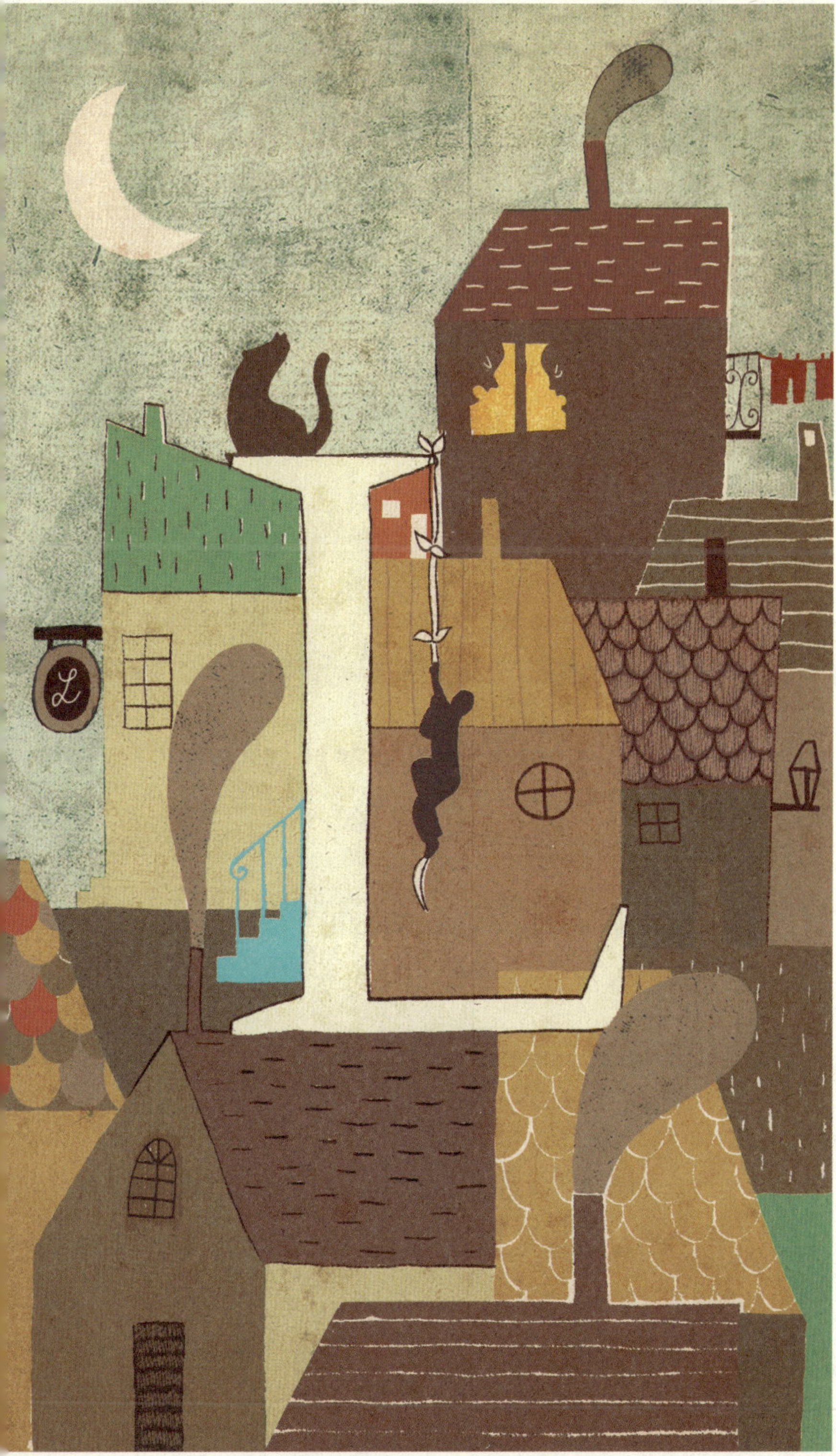

lar

O lar é algo que de repente se separa.
(Juliana Escobar, 10 anos)

Calor de onde vem toda a família.
(Carlos Gómez, 12 anos)

É como ter minha vida lá dentro e estou com minha família.
(Paulina Uribe, 10 anos)

É onde se morre.
(Cesar Andrés Miranda, 6 anos)

A casa dos seres vivos, onde se escondem e vivem muito bem.
(Flavio A. Restrepo, 10 anos)

Uma pessoa que vive nisso.
(Yesenia García, 7 anos)

Um lar é uma creche.
(Carolina Zuluaga, 8 anos)

É onde ficamos noite e dia.
(Estephanie Montoya, 9 anos)

É um inferno.
(María José García, 8 anos)

lembrança

É uma coisa de pequeno a grande.
(Fabián Loaiza C., 12 anos)

linguagem

É falar com uma pessoa sem gritar com ela.
(Paulina Uribe, 11 anos)

A pele.
(Víctor Alfonso Soto, 7 anos)

A linguagem é caderno.
(Katherine Ramírez, 7 anos)

Coisa que sai da boca.
(Tatiana Ramírez, 7 anos)

louco

Pessoa que se acha meio diferente do que é.
(Juan Carlos Mejía, 11 anos)

Pessoa sentimental.
(Héctor Alonso Arcila, 12 anos)

Uma pessoa baixa de cabeça.
(Jhonatan Felipe Jiménez, 9 anos)

É como se a mente saísse de série.
(Estephanie Montoya. 9 anos)

lua

É o que nos dá a noite.
(Leidy Johanna García, 8 anos)

luz

É algo inventado pelo homem para a gente não se ver na escuridão.
(Leidy Johana Soto, 9 anos)

Coração incondicional

M

Anatomia de uma mãe

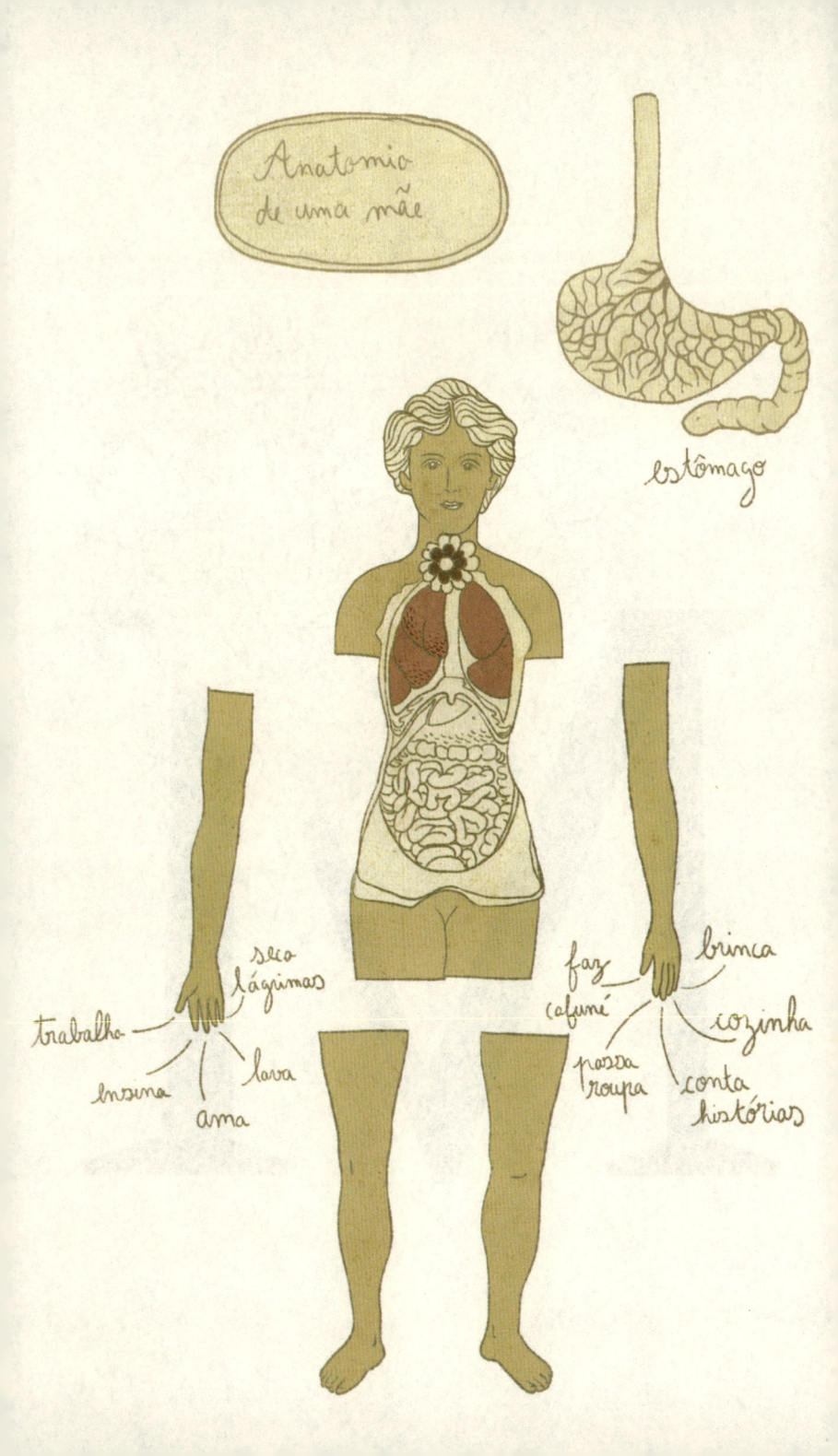

estômago

trabalha
ensina
seca lágrimas
lava
ama
faz cafuné
passa roupa
brinca
cozinha
conta histórias

mãe

Mãe entende e depois se deita pra dormir.
(Juan Daniel Alzate, 6 anos)

Minha mamãe cuida muito de mim, me ama muito, me dá comida quando eu não quero.
(Camilo Gómez, 7 anos)

É aquela que ensina à gente o que a gente deve querer.
(Andrés Felipe Bedoya, 8 anos)

É boa, bate nas crianças. Faz a comida, o café da manhã e o algo.
(Juan Pablo Moreno, 7 anos)

É pra mim um coração, é uma terra pra mim.
(Yamile Gaviria, 7 anos)

É como bicicleta, quando se desocupa brinca com o cachorro.
(Jhon Fredy Agudelo, 6 anos)

Nasce, cresce, tem um filho e morre.
(Fabián Loaiza, 12 anos)

A mãe é a pele da gente.
(Ana Milena Hurtado, 5 anos)

mafioso

É uma pessoa com muito dinheiro e que não gosta de nada.
(Luis Fernando Ocampo, 10 anos)

Pessoa que não deixa que toquem nela.
(Viviana María Sepúlveda, 9 anos)

mão

Apanha as coisas, ajuda a escrever,
mas também se cansa, tem que deixar
ela descansar.
(Paula Cristina Muñoz, 7 anos)

mapa

Para encontrar coisas situadas.
(Lyda Marcela Vásquez, 8 anos)

matador

Assassinato apagado.
(Juan Carlos Castaño, 12 anos)

medo

Um menino que está triste.
(Juliana Sánchez, 6 anos)

Quando chega alguém lá em casa e eu me levanto pra ver quem é.
(Andrés Ramírez, 6 anos)

Ver o diabo e que os grandes me incomodem.
(Santiago Uribe, 6 anos)

É quando minha mamãe dirige um carro e uns senhores que trabalham no encanamento não têm o que comer e quebram o vidro do carro e matam ela e matam meu papai e vivo sozinho.
(Orlando Vásquez, 6 anos)

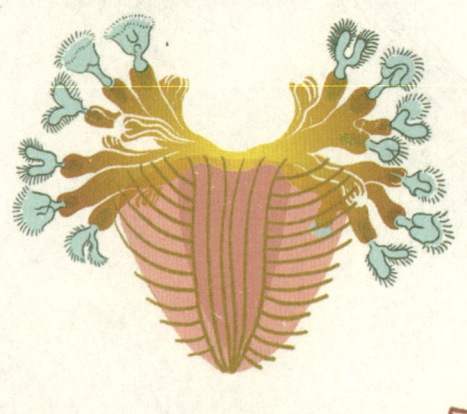

Os vira-latas são muito feios, têm cinco olhos e quatro bocas e espantam as crianças. Também os fantasmas, e os bichos-papões, que são uns senhores com as calças rasgadas.
(Juana Piedrahíta, 5 anos)

Da luz, porque está o menino Jesus, porque ele está escondido e me assusta com as asas.
(Camila Hoyos, 3 anos)

De um morto com as tripas pra fora.
(Jenny Alejandra Baena, 9 anos)

Da chuva, de tudo, porque eu tenho tosse e não posso sair na rua.
(Daniel Ochoa, 5 anos)

mente

Coisa que alguém pensa através de si mesmo.
(Juan Camilo Osorio, 8 anos)

Quando uma pessoa pensa e acredita e diz.
(Leydi Stella Arango, 10 anos)

Gosto de gravar coisas.
(Yamile Gaviria, 7 anos)

mentira

Quando alguém se enche de porrada.
(Paula Arango, 9 anos)

militar

Ser consciente de que matam eles.
(Astrid Yanet González, 8 anos)

mistério

Quando minha mamãe sai e não me diz pra onde.
(Glória María Hidalgo, 10 anos)

morte

É uma coisa que não volta.
(Ancizar Arley López, 11 anos)

O país.
(Jorge Andrés Giraldo, 6 anos)

É uma dor para mim, porque me dá medo deixar minha mamãe sozinha; porque lá na minha casa brigam muito com facas.
(Jorge Andrés Zapata, 7 anos)

É algo que Deus fez por nós.
(Edison Hidalgo, 12 anos)

Forma de não existir e estar em um lugar incerto.
(Melissa Palacio, 12 anos)

Vai alguém pra terra.
(Jhon Fredy Agudelo, 6 anos)

A morte é quando eu morro por causa do corpo.
(Juan Esteban Restrepo, 10 anos)

Tristeza. Quem passa por isso tem o coração morto e o corpo se queima.
(José Pablo Ossa, 6 anos)

É quando alguém não tem espírito nem come, e isso não tem salvação e está morto, e Deus leva o espírito e o coração. A carne fica no corpo no enterro. A carne vai se desfazendo.
(Miguel Angel Múnera, 6 anos)

É algo que o casal sente.
(Daniela Narvaez, 8 anos)

A morte é alguém.
(Hugo Andrés Grajales, 6 anos)

Se meus pais morrem, eu também.
(Yeny Andrea Rodríguez, 8 anos)

Viver mais.
(Nelba María Orozco, 9 anos)

É um ser vivo já sem vida que ainda temos que amar.
(Roberto Uribe, 11 anos)

É quando alguém fica como um chiclete enrugadinho e enterram ele.
(Kateryne Villanueva, 5 anos)

A morte é se apagar.
(Santiago Gómez, 12 anos)

Estar com uma pessoa até a morte.
(Yeison David Pérez, 9 anos)

Para mim, a morte é Deus.
(Andrés Marín, 7 anos)

Me faz mal.
(Yesenia García, 7 anos)

É dormir toda a vida.
(Daniel Herrera, 7 anos)

É algo que Deus colocou no final da vida dos outros.
(Wilson Alejandro Taborda, 11 anos)

É quando não aguentamos.
(Daniel Castro, 7 anos)

morto

Ser humano imprestável.
(David L. Casadiego, 10 anos)

Uma pessoa que está deitada.
(Herber David Cardona, 9 anos)

mundo

Maravilhas.
(David Piedrahíta, 11 anos)

mulher

Ser vivo capaz de prejudicar os demais.
(Silvia Elena Suárez, 11 anos)

Elas têm o poder e um homem, não.
(Héctor Augusto Oquendo, 10 anos)

Um moço que tem muito cabelo.
(Juan Pablo Eusse, 8 anos)

É uma pessoa que se apaixona por alguém.
(Nelson Ferney Ramírez, 7 anos)

Humano que não se pode consertar.
(Oscar Alarcón, 11 anos)

A mulher é muito boa para um homem.
(Jorge Humberto Henao, 10 anos)

Os homens se apaixonam por.
(Sandra Patricia Rengifo, 11 anos)

Esposa de um homem e de mais outro.
(Yorlady Rave, 8 anos)

N

nada

É quando pergunto pra alguém se viu alguma coisa.
(Juan Camilo Osorio, 8 anos)

Para mim, é uma família muito pobre.
(Wilson Ferney Rivera, 8 anos)

namorado, namorada

Coisa com a qual se faz amor.
(Andrés Correa, 11 anos)

Dois corpos em um.
(Jorge Armando García, 8 anos)

Categoria mais baixa do casamento.
(Ricardo Mejía, 10 anos)

nascer

É um momento que temos quando estamos pequenos.
(Wilson A. Taborda, 11 anos)

Nascer é um presente para a família.
(Walter de Jesús Arias, 10 anos)

natureza

Eu não andei por lá.
(Yeison David Pérez, 6 anos)

negócio

Juntar as bolas com outro.
(Alejandro Tobón, 7 anos)

nudez

Quando a pessoa que se casa vai tirar a roupa. Tudo é nudez.
(Branca Yuli Henao, 10 anos)

Quando ficam pelados.
(Sandra Rengifo, 11 anos)

É quando uma pessoa está nua, por dois motivos:
1: porque Deus trouxe ela assim pro mundo.
2: porque a pessoa quis tirar a roupa.
(Natalia María Hincapié, 11 anos)

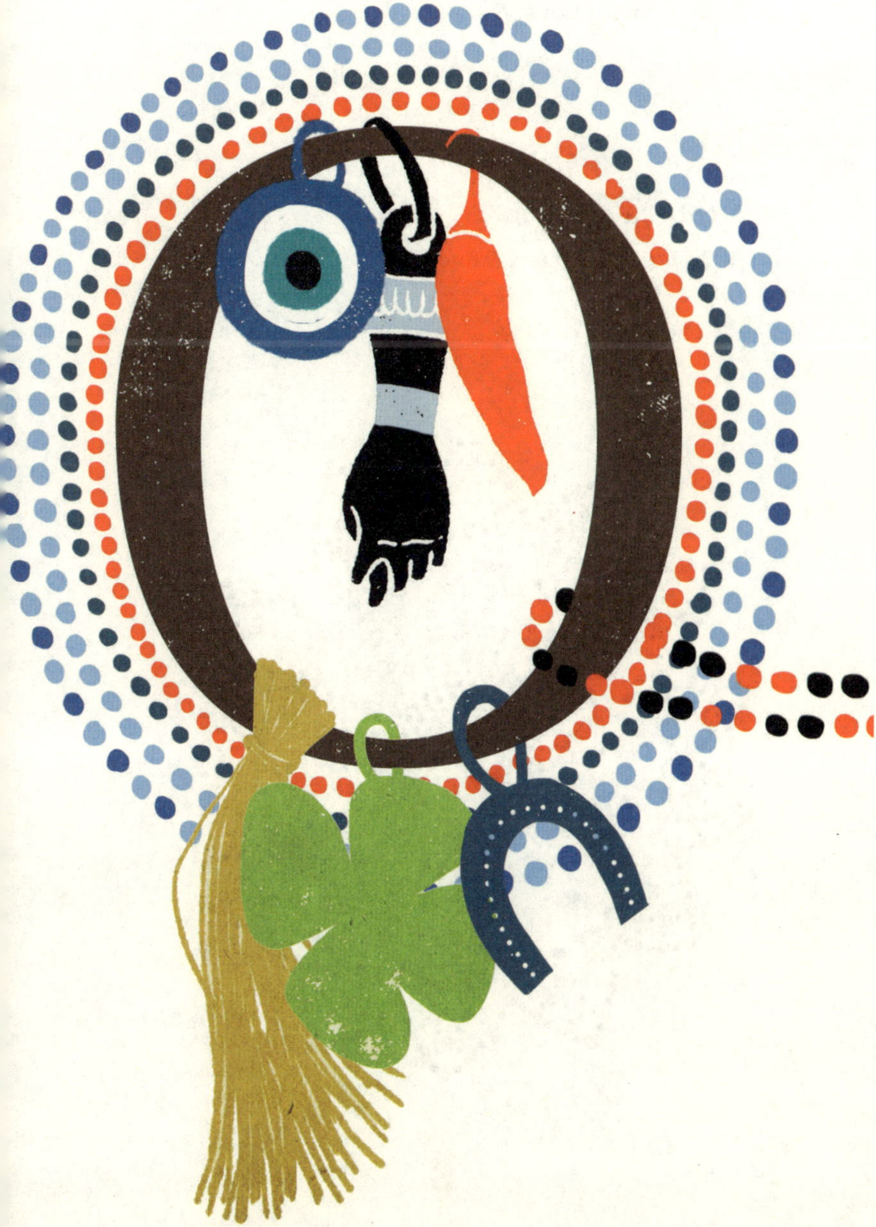

olhar

Coisa que vê com os olhos.
(Juan Camilo Osorio, 8 anos)

olho

A cabeça que tem.
(Wilson Ferney Pérez, 9 anos)

ódio

É algo que, por exemplo, meu amigo tem pirulito e eu não.
(Alexander Chalarca, 8 anos)

É a virtude mais má que o ser humano tem.
(Jorge A. Zapata, 12 anos)

Burro, amarrado.
(Alejandro Tobón B., 7 anos)

Quando não queremos fazer o que mandam.
(Lina Marcela Sánchez, 7 anos)

É sincero.
(Yamile Gaviria, 7 anos)

Minhas amigas me odeiam.
(Katherine Ramírez, 7 anos)

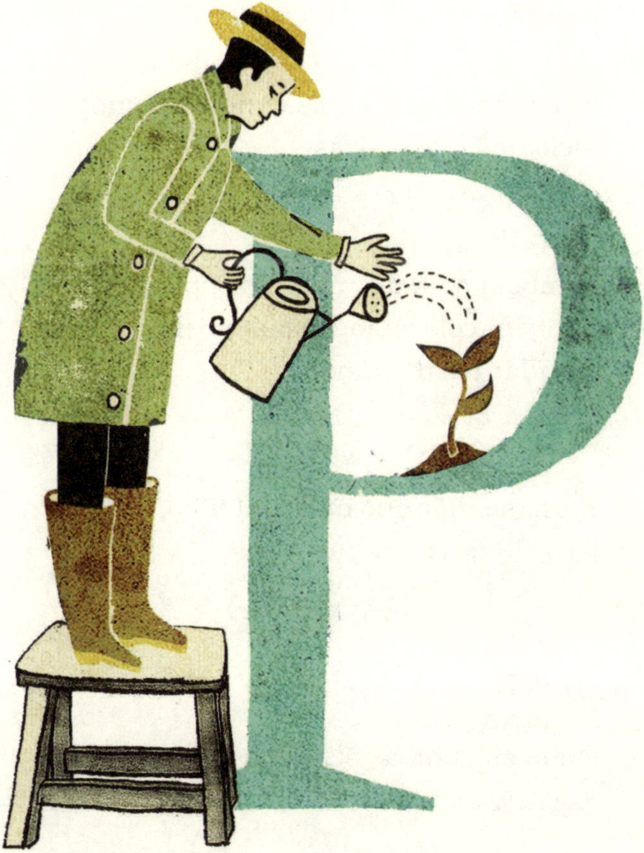

pai

É uma pessoa muito especial porque tinha a gente no coração quando a gente estava na barriga.
(Luisa Fernanda Borrero, 9 anos)

É o que me deu a coisa que tenho no meio das duas coxas.
(Simón Peláez, 11 anos)

Também amamos muito ele, porque também colocou a coisinha dele para mandar neste mundo.
(Carolina González A., 10 anos)

É um senhor que quer um filho.
(Carolina Murillo, 7 anos)

palavra

Onde as pombas se escondem.
(León Alfonso Pava, 11 anos)

paraíso

É como um deserto, sem árvores e sem nada.
(Jhonny Alexander Arias, 8 anos)

paz

Quando alguém se perdoa.
(Juan Camilo Hurtado, 8 anos)

É para uns que matam muito.
(Jonny Alexander Arias, 8 anos)

É o fruto da terra que ainda sobrevive.
(Lina María Murillo, 10 anos)

pecado

É quando uma pessoa comete um pecado imortal.
(Alejandra Milena Agudelo, 12 anos)

É algo que nós, humanos, somos.
(Daniela Narváez, 8 anos)

pele

É a parte humana de alguém.
(Edwin Buitrago, 10 anos)

pensamento

É uma forma de agir antes de falar.
(Fabián Loaiza, 12 anos)

Estou pensando.
(Jonathan Ciro G., 10 anos)

pensar

É ficar quieto.
(Yamile Amparo Castaño, 8 anos)

pesadelo

Comer muito e se deitar.
(Weimar Román, 7 anos)

pessoa

É uma coisa sentimental.
(Lina Marcela Sánchez, 7 anos)

Grande, beber, festa.
(Juan David Bedoya, 6 anos)

Coisa humana.
(Paula Andrea Loaiza, 6 anos)

preguiça

Algo inigualável.
(Olmedo Herrera, 10 anos)

Sonho que dá nos cristãos.
(Luis Fernando Ocampo, 10 anos)

Dormindo e paralisado.
(Juan David Villa, 11 anos)

poesia

Tem vezes que alguém não tem nada pra fazer e começa a escrever poesias.
(Blanca Yuli Henao, 10 anos)

A poesia é muito bonita porque dá frases de amor.
(Oscar Albert Estrada, 11 anos)

Algo chato e que só os poetas aprendem.
(Olmedo Herrera, 10 anos)

É como estar cantando.
(Mary Luz Arbeláez, 9 anos)

É igual ao que diziam nos anos antigos.
(Luis Fernando Ocampo, 10 anos)

Expressão de reprimidos.
(Eulalia Vélez, 12 anos)

Algo ridículo.
(Mateo Ceballos, 10 anos)

poeta

Alguém que descobriu algo no mundo.
(Nelson Fernando Londoño, 9 anos)

É qualquer pessoa que voa pelo ar.
(Sandra Milena Mazo, 7 anos)

Qualquer coisa inventada é um poeta.
(Maritza Plano, 8 anos)

Aquele que viaja.
(Alex Gustavo Palomeque, 7 anos)

Eu acho que é uma bolinha.
(Carlos Andrés Llano, 6 anos)

Um homem que canta.
(Juan Pablo Eusse, 8 anos)

É um país que não existe na vida.
(Glória Cecilia Guzmán, 9 anos)

Porta.
(Hugo Andrés Grajales, 6 anos)

Um cão.
(Julieth Rojas, 7 anos)

polícia

É o que quer que a paz termine.
(Sandra Milena Gutiérrez, 11 anos)

político

Pessoa que põe mãos em sociedade.
(Robinson Sepúlveda, 10 anos)

É uma pessoa que acaba com a gente ou ajuda, depende de sua situação econômica.
(Pastor Ernesto Castaño, 11 anos)

Alguém que faz promessas e nunca cumpre.
(Roger de Jesús Valencia, 9 anos)

presença

Uma moça pressentindo amor.
(Julio César Giraldo, 7 anos)

É quando está bem presenciado.
(Ana Cristina Henao, 8 anos)

É quando alguém sai de viagem, e chega a presença.
(Blanca Yuli Henao, 10 anos)

príncipe

Vadio da realeza.
(Eulalia Vélez, 12 anos)

professor

É uma pessoa que não se cansa de copiar.
(María José García, 8 anos)

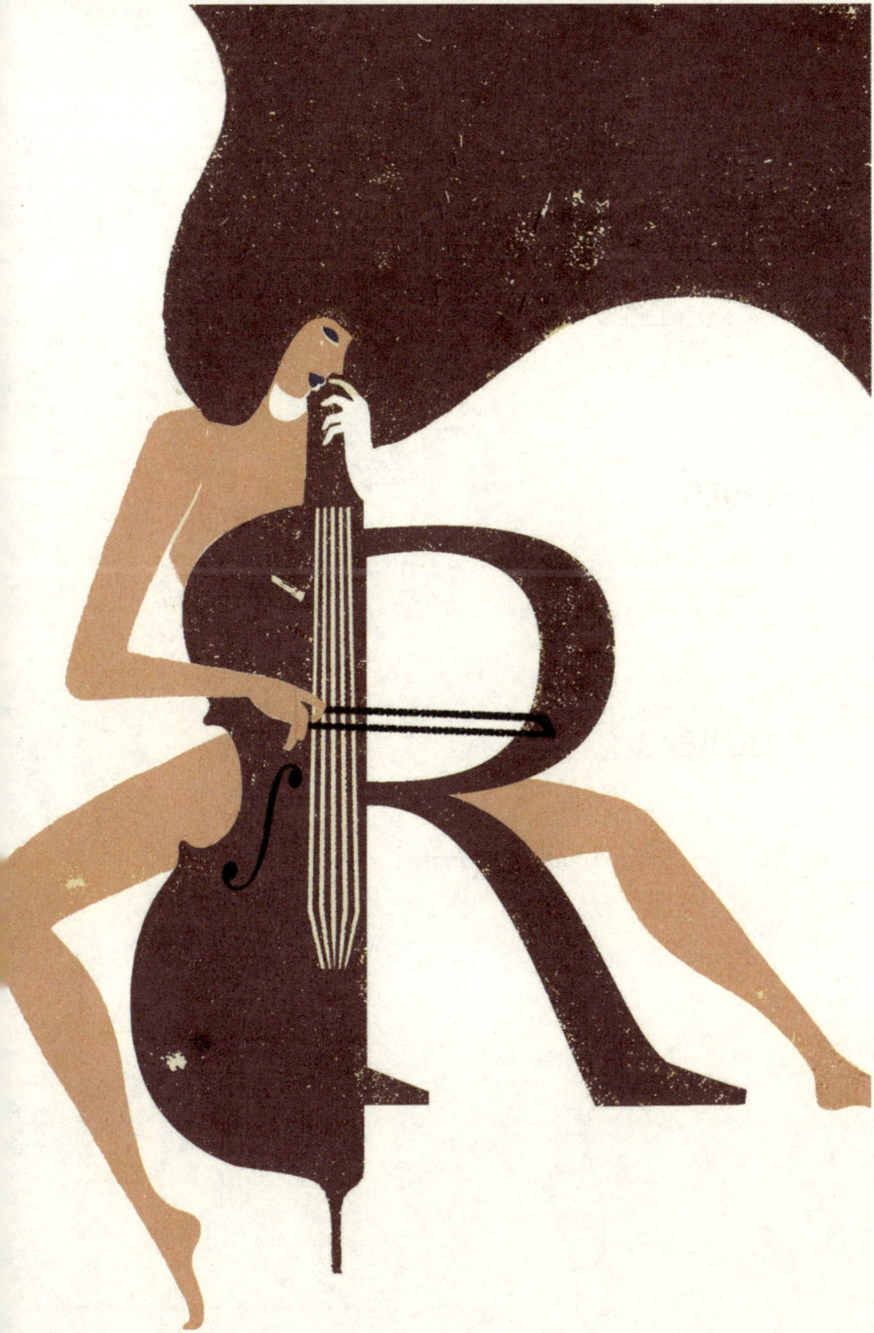
R

religião

Religião é uma coisa muito importante para Deus.
(Walter de Jesús Arias, 10 anos)

resto

É tudo o que dão nas tumbas.
(Jennifer Julieth Agudelo, 9 anos)

riqueza

Amargura.
(Juan Diego Londoño, 9 anos)

ritmo

É quando uma pessoa dança conforme a música.

(Víctor Alfonso Soto, 7 anos)

ruído

É algo que vem do nada.

(Juan Gabriel López, 12 anos)

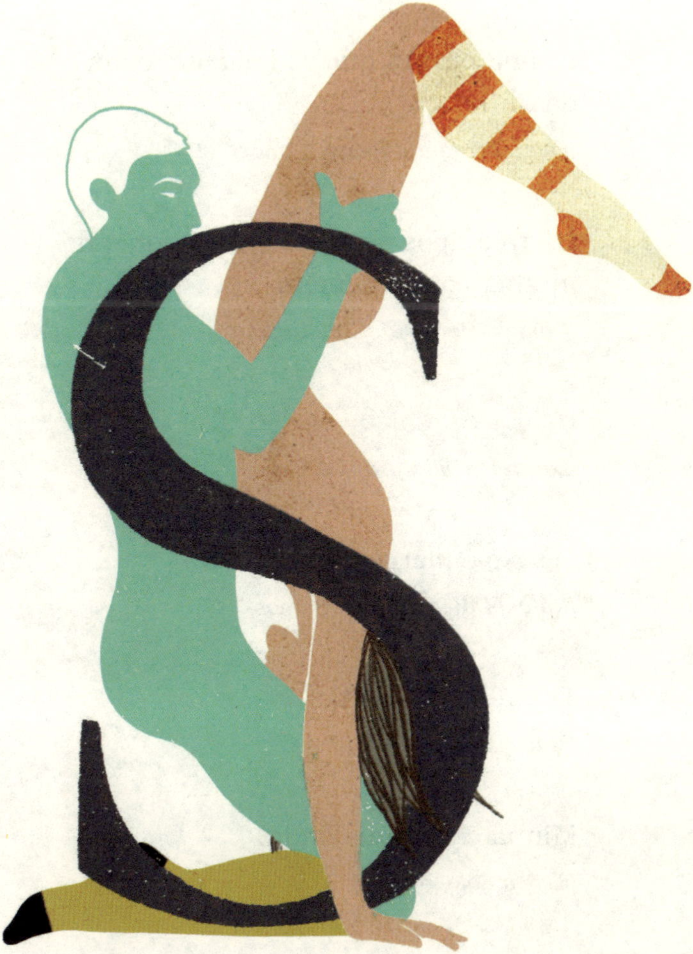

sexo

É uma casa para os adultos.
(Yessica Alejandra Duque, 7 anos)

É uma pessoa que se beija em cima da outra.
(Luisa Fernanda Pates, 8 anos)

Há três tipos de sexo: o do amor, o da mulher e o do homem.
(Daniela Hernández, 10 anos)

Usar.
(Laura Isnelia Cardona, 9 anos)

O sexo é incrível.
(Rafael David Jurado, 8 anos)

Trabalho das putas.
(Mateo Ceballos, 10 anos)

Minha casa mais linda.
(Gisela Soto, 6 anos)

É quando alguém fala com uma mulher e transmite uma coisa pra ela.
(Jorge Mario Betancur, 9 anos)

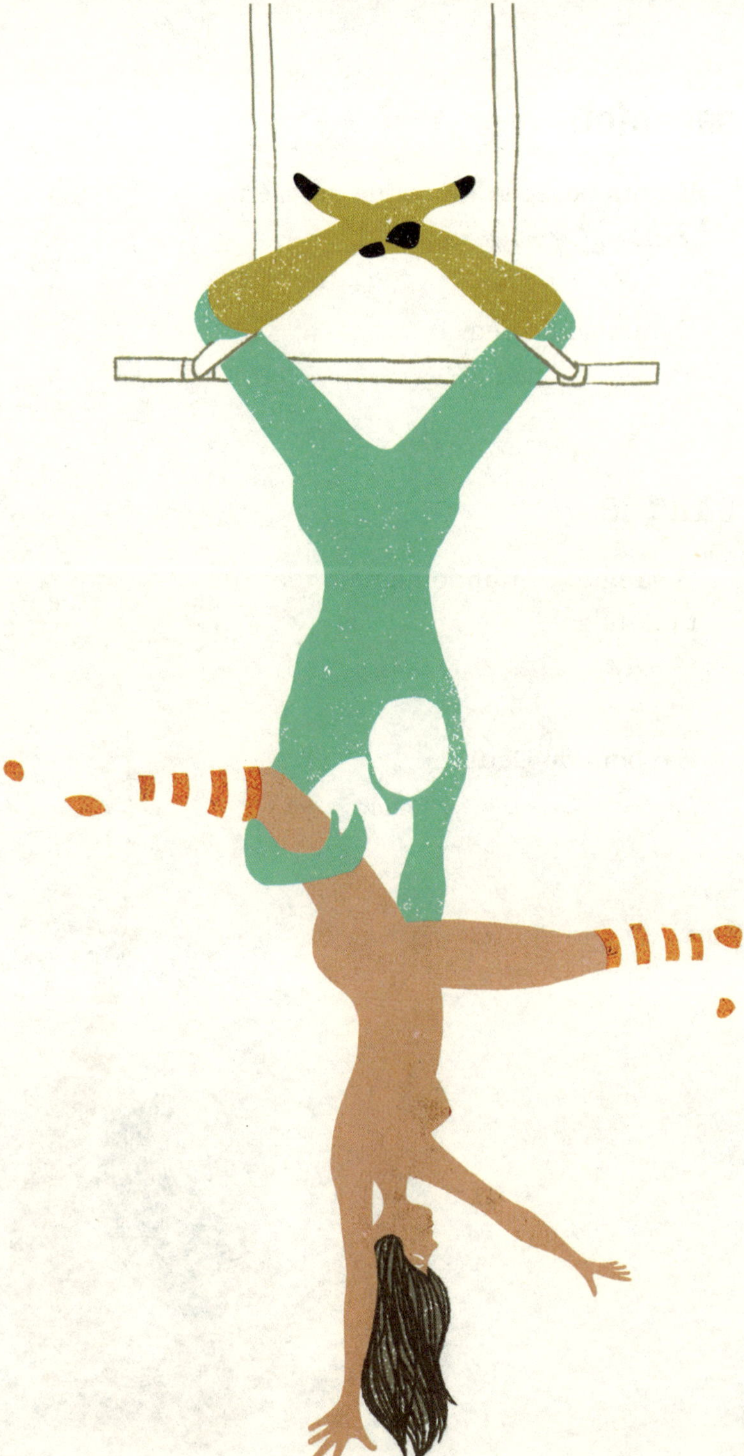

sacerdote

É uma pessoa que confia em Deus.
(Estefanny Montoya, 8 anos)

É inimigo de Jeová.
(Carolina Zuluaga, 8 anos)

sangue

O sangue é quando alguém mata um amigo.
(Paula Andrea López, 9 anos)

É o bom de Deus.
(Efrén de Jesús Osorio, 12 anos)

silêncio

É quando alguém está na eternidade.
(Leydi Stella Arango, 10 anos)

sol

O que seca a roupa.
(Diego Alejandro Giraldo, 8 anos)

Alguém aquece o mundo.
(Juan Pablo Osorio, 7 anos)

solidão

É o que dá na mamãe.
(Jorge Andrés Sáenz, 6 anos)

Você estar em completo deserto.
(Sandra Milena Grisales, 8 anos)

Que se ama muito suave.
(Gustavo Palomeque, 7 anos)

Tristeza que dá na gente às vezes.
(Iván Darío López, 10 anos)

As árvores.
(Diego Fernando Villa, 6 anos)

Escuro e sem ter com quem falar.
(Andrés Felipe Bedoya, 8 anos)

É estar jovem.
(Glória Cecilia Guzmán, 9 anos)

Para mim é quando a gente pensa na vida.
(Wilson Ferney Rivera, 8 anos)

Pensar em outro.
(Viviana María Sepúlveda, 9 anos)

Estar só, com ninguém.
(Duván Arnulfo Arango, 8 anos)

Estar sem namorado, sem filhos e em silêncio.
(Weimar Grisales, 9 anos)

Uma novela de televisão.
(Eyicelly Naranjo, 7 anos)

É um ser humano.
(Yenny Alejandra Espinosa, 8 anos)

Quando o sol está muito forte.
(Paula Arango, 9 anos)

A parede.
(Elizabeth Parra, 8 anos)

sombra

São os movimentos de cada pessoa na escuridão.
(Catalina Taborda, 7 anos)

Alguém chove.
(Jhon Fredy Agudelo, 6 anos)

As nuvens.
(Héctor Mario Valencia, 8 anos)

Quando a gente se vê.
(Sandra Liliana, 8 anos)

A sombra são as madeiras. As pessoas sentam na sombra.
(Jorge Andrés Sáenz, 6 anos)

A sombra me queima.
(Georlin Gaviria, 8 anos)

É o sol e alguém põe a mão.
(Weimar Román, 7 anos)

Quando alguém está escuro.
(Tany Luz Genes, 9 anos)

É o seu reflexo em algum lugar.
(Wilson Taborda, 11 anos)

É muito importante, porque, enquanto você vai caminhando, vai deixando ela.
(Juan Carlos Castaño, 12 anos)

A sombra é você mesmo.
(Jorge Iván Soto, 8 anos)

sonho

Com minha mamãe, muito.
(Weimar Román, 7 anos)

Que os colégios não existam, que a gente nasça com mente pra saber tudo.
(María José García, 8 anos)

É de noite e seus olhos não acordam.
(Manuel Bernal, 6 anos)

suicídio

É alguém se matar por instinto.
(Mary Luz Arbeláez, 9 anos)

seguro

Tem pessoas que seguram outras para matar.
(Yenny Liliana López, 8 anos)

Onde a gente se segura quando vai cair.
(Edisson Albeiro Henao, 7 anos)

T

tempo

É algo que todos usamos enquanto estamos em lugares diferentes.
(Liceth Andrea Zuluaga, 11 anos)

Deus fez o tempo para que os anos passem.
(Walter de Jesús Arias, 10 anos)

Morrer.
(Deisy Bibiana Henao, 6 anos)

É o que eu passo.
(Laura Gaviria, 5 anos)

Que chove, faz sol, todos cantam, todos riem, todos se sentem sozinhos e tudo seja estudar.
(María Yuly Vera, 10 anos)

Para mim, é quando chove muito.
(Luz Marina Zuluaga, 9 anos)

É um relógio que move e move uma mão até que se cansa.
(David Jaramillo, 9 anos)

Esperar pelos outros.
(Yenny Andrea Ramírez, 9 anos)

Se deixar levar.
(Manuela Uribe, 7 anos)

Ficar por aí parado.
(Alejandro Suárez, 6 anos)

É uma coisa que faz a gente demorar.
(Juliana Bedoya, 7 anos)

É uma pátria.
(Lynda Marcela Vásquez, 8 anos)

O tempo é a vida.
(Alejandro Suárez, 6 anos)

São as nuvens.
(Jorge Iván Gómez, 6 anos)

É hora, é demora.
(Ligeya Martínez, 9 anos)

É quando Deus nasceu.
(Juan Felipe Soto, 5 anos)

Algo que acontece para lembrar.
(Jorge Armando, 8 anos)

É poder conversar com Deus.
(Emilse Vallejo, 9 anos)

Algo que corre na gente.
(Roger de Jesús Valencia, 9 anos)

Dizem do que fazemos.
(Sara Catalina Arango, 10 anos)

Gastar ou demorar.
(Alejandro Tobón, 7 anos)

São uns números de um a...
(Mario Andrés Ramírez, 12 anos)

O que divide a gente.
(Carolina Carder, 10 anos)

Quando alguém passa e passa chateado.
(Jorge Mario Betancur, 9 anos)

O que corre sobre a vida.
(Lina María Murillo, 10 anos)

terra

A terra é um sentimento do espaço.
(Lucas García, 11 anos)

Cimento de carne de onde o
homem nasceu.
(Alejandro López, 9 anos)

A terra serve para andar.
(Carol Cristina Toro, 7 anos)

trabalho

É uma coisa para alguns homens.
(Luis Fernando Ocampo, 10 anos)

tranquilidade

A tranquilidade é quando alguém sai de viagem e fica uma pessoa conhecida.
(Jorge Alejandro Zapata, 12 anos)

Por exemplo, o papai dizer que vai bater em você e depois dizer que não vai mais.
(Blanca Yuli Henao, 10 anos)

tristeza

Sentir.
(Juan Eduardo Atehortúa, 10 anos)

A tristeza dói mais.
(Carol Cristina Toro, 7 anos)

Tempo.
(Juan David Bedoya, 6 anos)

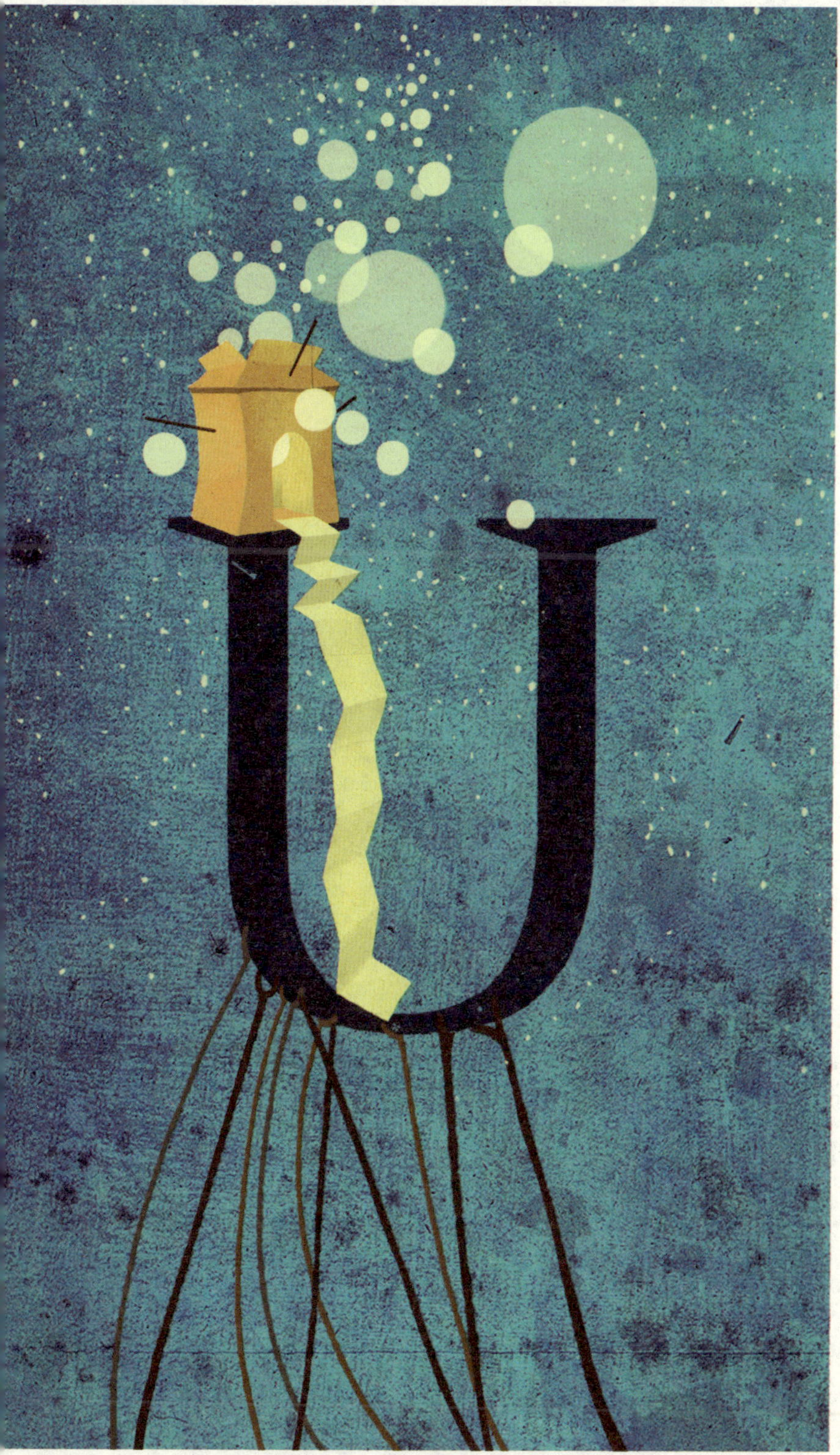

um

Quando um vai numerando várias pessoas, e uma delas com o número um.
(Jenifer Julieth Agudelo, 9 anos)

universo

Casa das estrelas.
(Carlos Gómez, 12 anos)

Um universo é um concurso para as rainhas.
(Walter de Jesús Arias, 10 anos)

V

vazio

Alguém que está sozinho.
(Yesenia García, 7 anos)

Estar vazio e sem ninguém em quem confiar.
(Camila González, 7 anos)

Sem ninguém dentro.
(Mauricio Osorio, 7 anos)

---

verbo

É um animal.
(Natalia Vergara, 9 anos)

vida

Sentir, nascer, ter esperança de que alguém é alguém.
(Juan Pablo Cardona, 12 anos)

Que passa o sol.
(Diego Fernando Villa, 6 anos)

O amor, a paz, a tristeza.
(Jorge Iván Gómez, 6 anos)

Força profundamente do coração.
(Nelson Ferney Ramírez, 7 anos)

Escrever nos livros.
(Juan David Bedoya, 6 anos)

É a melhor ajuda.
(Mauricio Diosa, 8 anos)

A vida é trabalho, amargura e liberdade.
(Walter de Jesús Arias, 10 anos)

É tudo, é o tempo que estamos manifestados.
(Melissa Palacio, 12 anos)

Um coração que tenho aqui dentro.
(Paulina Uribe, 10 anos)

Que a gente leva para todos os lados.
(John Fredy Botero, 10 anos)

Existência do ser animado.
(Lisa Molina, 10 anos)

O que se toma e se perde a cada dia na terra.
(Lina María Murillo, 10 anos)

vir

É quando uma pessoa vai a uma casa e a outra pessoa diz: que milagre que você veio!
(Ana Cristina Henao, 8 anos)

violência

Alguém pega uma menina e faz amor.
(Javier Ignacio Ramírez, 6 anos)

É quando as crianças e as pessoas estão violadas.
(Tatiana Ramírez, 7 anos)

É quando pelam as pessoas.
(Natalia Montoya, 7 anos)

Se fizerem violência no país, eu vou embora.
(Yeny Andrea Rodríguez, 8 anos)

Parte ruim da paz.
(Sara Martínez, 7 anos)

Acreditamos nos livros

Este livro foi composto em Bookman Old Style
e impresso pela Gráfica Santa Marta para a
Editora Planeta do Brasil em junho de 2025.